Cendrillon

ET AUTRES CONTES

Pour l'édition originale

© 2007 Istituto Geografico De Agostini S.p.A., Novara

via Montefeltro, 6/A - 20156 Milano

Italie

© 2008 Cerise bleue pour la version française

Cerise bleue

Côte Saint-Vincent

Route d'Argnat

63530 Sayat

Adaptation française : Marie-Paule Zierski

Conforme à la loi n° 49-956 du 16 juillet 1949

sur les publications destinées à la jeunesse.

ISBN : 978-2-7583-0235-3

Imprimé en Chine en 2008

Contes ronds

Cendrillon
ET AUTRES HISTOIRES

Cerise
Bleue

Table d

s matières :

Cendrillon

Il était une fois un riche marchand qui était veuf et qui avait une fille. Comme il était souvent en voyage et qu'il ne voulait pas la laisser seule, il épousa une femme qui avait deux filles. Il pensait que toutes les quatre pourraient ainsi se tenir compagnie pendant ses longues absences. Mais il n'en fut rien. Dès que le marchand avait le dos tourné, la marâtre et ses deux filles, jalouses de la beauté de la jeune enfant, se plaisaient à la maltraiter. Elles l'obligeaient à faire les travaux les plus durs, ranger la maison, laver la vaisselle, astiquer les planchers et s'occuper du poulailler. La jeune fille était devenue leur esclave. Un jour, sa marâtre lui dit : « Comme tu es toujours en train de faire le ménage, tes beaux vêtements ne te servent plus à rien ! »

9

Elle prit tous les beaux vêtements de la jeune fille
et les partagea entre ses deux filles. Lorsqu'elle
avait fini son ouvrage, la pauvre petite allait s'asseoir
dans les cendres de la cheminée, si bien qu'on
la surnomma Cendrillon. Harassée de fatigue,
Cendrillon était triste et mélancolique. Ses sœurs
et sa marâtre trouvaient chaque jour un nouveau
travail humiliant à lui donner. Elle ne pouvait jamais
se reposer et s'exposait aux pires ennuis si elle tardait
à obéir. « Cendrillon, fais ceci, Cendrillon fais cela ! »
La pauvre petite courait toute la journée.
Un beau jour, le roi décida qu'il était temps que
son fils choisisse une épouse et invita ainsi toutes
les jeunes filles du royaume à un grand bal.
La marâtre s'affairait pour choisir à ses deux filles
les tenues qui leur iraient le mieux.
Elle leur acheta de splendides vêtements et

de magnifiques bijoux. Cendrillon voulait elle aussi se rendre au bal du prince. Aussi demanda-t-elle à sa marâtre la permission d'y aller avec ses sœurs, mais la marâtre lui répondit : « Et comment pourrais-tu y aller vêtue de la sorte, avec ces chiffons sur le dos ? » Et tandis qu'elle sortait avec ses filles, elle jeta un seau de petits pois dans les cendres et ordonna à la pauvrette de les ramasser avant leur retour. Cendrillon comprit qu'elle n'avait aucune chance d'aller au bal et se mit à pleurer, lorsque neuf colombes blanches entrèrent par la fenêtre ouverte et ramassèrent tous les pois. « Mes amis, vous m'avez rendu un fier service ! » s'exclama Cendrillon, heureuse.

Les colombes s'envolèrent et Cendrillon vit
apparaître sa marraine la fée qui la consola

en disant :
« Ne te
désespère
pas, chère
enfant, ce soir
tu iras au bal
du prince. »
Elle agita alors
sa baguette
magique en
prononçant
des formules
étranges.

Soudain devant les yeux ébahis de la fillette apparut
un carrosse doré tiré par deux magnifiques chevaux
blancs.

Cendrillon
était muette
d'étonnement.
La fée lui sourit
avec douceur.

Cendrillon se souvint cependant qu'elle était vêtue de haillons et baissait honteusement la tête.

La fée agita une nouvelle fois sa baguette magique et fit apparaître une splendide robe qui semblait faite pour la jeune fille. Cendrillon ne savait comment remercier sa marraine la fée, mais celle-ci la mit en garde : « Chère petite Cendrillon, il est temps désormais que tu montes dans le carrosse, sinon tu arriveras trop tard au bal. Mais n'oublie pas de quitter le bal avant minuit, parce qu'à cet instant la magie disparaîtra et tu n'auras plus ni carrosse ni chevaux ni beaux atours. » Puis la fée disparut dans un nuage de poussière d'étoile. La nuit était tombée et Cendrillon, toute heureuse, monta dans le carrosse qui l'emmena au palais.

Le bal était à peine commencé lorsque Cendrillon arriva. Tous les regards se posèrent sur elle. Elle était la plus belle !

Le prince, charmé, ne la quitta pas un instant. Ses deux sœurs ne la reconnurent point. Juste avant minuit, Cendrillon salua l'assistance et partit, comme elle l'avait promis à la fée.

Le prince fit donner un autre bal le lendemain
pour revoir la merveilleuse jeune fille. Il dansa seul
avec elle.

Au premier
coup de minuit,
Cendrillon
s'aperçut qu'il
était trop tard.
Elle s'enfuit en
toute hâte mais
en descendant
l'escalier, elle
perdit une
de ses petites
pantoufles de
verre.

Le prince essaya de la poursuivre, mais ne parvint pas à la rejoindre. Il trouva cependant la petite

chaussure que Cendrillon avait perdue et la ramassa. Le lendemain, le prince fit annoncer dans tout le royaume qu'il épouserait la jeune fille qui réussirait à chausser la petite pantoufle de verre qu'il avait trouvée. Accompagné d'un page, le prince frappa à toutes les maisons pour faire

essayer la petite pantoufle, mais personne ne parvenait à la chausser. Le fils du roi était très abattu lorsqu'il arriva à la maison du marchand. Les deux sœurs s'efforcèrent de faire entrer leur pied dans

la chaussure, mais en vain. Cendrillon s'avança alors
et demanda d'essayer la petite pantoufle :
elle semblait faite pour son pied. Le prince
la reconnut et la mena au château dans son splendide
carrosse où de somptueuses noces furent célébrées.
La marâtre et ses sœurs quittèrent le pays et
personne n'entendit plus jamais parler d'elles.

Blanche-Neige

Un jour de neige, tandis qu'elle brodait près d'une fenêtre encadrée d'ébène, la reine se piqua le doigt, faisant jaillir une goutte de sang. Elle exprima alors le désir d'avoir un enfant qui aurait la peau blanche comme la neige, les lèvres rouges comme le sang et les cheveux noirs comme l'ébène. Quelques mois

plus tard,
son vœu
se réalisa
et elle mit
au monde
une très jolie
petite fille
qu'elle appela
Blanche-Neige.
Cependant
la reine mourut
et le roi épousa
en secondes
noces une
femme très
belle, mais
hautaine

et orgueilleuse. Elle ne s'occupait jamais de Blanche-Neige et passait ses journées à se regarder dans un miroir magique auquel elle demandait : « Miroir, mon beau miroir, qui est la plus belle du pays ? » Et le miroir répondait : « Nulle femme en ce pays n'est plus belle que toi ! »
La reine était heureuse et passait son temps à s'admirer. Mais Blanche-Neige grandissait et devenait chaque jour plus belle, au point que tous disaient qu'elle était beaucoup plus belle que sa belle-mère. La reine, qui ne se préoccupait que de sa beauté, continuait à interroger son miroir. Or un jour le miroir lui répondit : « Ô reine, tu es très belle, mais Blanche-Neige est plus belle encore ! »

27

Folle de rage et de jalousie, la reine se mit à détester Blanche-Neige. Elle fit venir son garde-chasse

et lui ordonna : « Emmène Blanche-Neige dans la forêt et tue-la ! » Ne pouvant discuter les ordres de la reine, le pauvre homme emmena la fillette.

Arrivé au plus profond de la forêt, le garde-chasse dit à Blanche-Neige : « La reine m'a ordonné de te tuer, mais je ne le veux pas. Enfuis-toi, va aussi loin que tu peux, et ne te montre jamais plus au royaume. »

Puis il l'abandonna et retourna au château. Effrayée,
Blanche-Neige se retrouva seule dans l'épaisse forêt.

À force
de marcher,
elle avait faim
et était fatiguée.
Et la nuit
commençait
à tomber.

Elle finit par
arrive devant
une maisonnette
dont la porte
était ouverte.
Elle entra et
regarda tout
autour…
Comme cette
maison était
petite et
charmante !
Il y avait
une minuscule
table dont
le couvert était
mis pour sept personnes : Blanche-Neige mangea

une bouchée de chaque assiette, but une gorgée de chaque gobelet et s'endormit dans un lit. La maisonnette était habitée par sept nains. Lorsque les nains rentrèrent du travail, ils regardèrent autour d'eux en disant : « Qui a mangé dans mon assiette ? Qui a bu dans mon gobelet ? Qui s'est servi de mon couteau ? »

Perplexes, ils fouillèrent toute la maison pour voir
où s'était caché l'étrange visiteur. En entrant
dans la chambre
à coucher,
ils trouvèrent
Blanche-Neige
qui dormait.
« Comme
elle est belle !
s'exclamèrent-
ils. On dirait
une princesse ! »
Réveillée,
Blanche-Neige
raconta
son histoire
aux nains

qui furent tellement émus qu'ils décidèrent
de la protéger. « Tu peux rester avec nous pour
toujours ! dirent-ils. Tu pourras ranger notre maison.
Nous pourrons nous divertir ensemble chaque soir…
Tu nous chanteras de belles chansons… »
Entre-temps, la méchante reine avait consulté
son miroir qui lui avait appris que Blanche-Neige
était toujours en vie : « Blanche-Neige vit par-delà
les monts lointains avec les sept nains ! — J'irai
la tuer moi-même ! » s'écria la reine. Déguisée
en vieille femme, elle se mit en route vers la maison
des sept nains, emportant avec elle un panier rempli
de pommes mûres parmi lesquelles se trouvait
une pomme empoisonnée. Lorsqu'elle arriva,
elle appela Blanche-Neige et d'une voix très douce,
lui dit : « Tu es si belle que j'aimerais te faire
un cadeau : prends cette belle pomme bien sucrée. »

35

Blanche-Neige prit la pomme et mordit dedans.
Le poison fit rapidement effet et Blanche-Neige
tomba à terre, comme morte. Lorsque les sept nains
rentrèrent et virent Blanche-Neige au sol,
ils pleurèrent de désespoir. Ne pouvant se résoudre
à l'abandonner, et pour continuer à la contempler,
ils décidèrent de la déposer dans un cercueil
de cristal et de la porter au milieu de la forêt.
Blanche-Neige resta longtemps ainsi, veillée
par ses amis et par les animaux de la forêt.
Un jour, un prince qui passait par là la vit et resta
longtemps à l'admirer. « Qui est cette merveilleuse
créature ? » demanda-t-il aux sept nains.
Et ils lui racontèrent l'histoire de Blanche-Neige.

« Laissez-moi l'emporter ! dit le prince. Je ne peux plus vivre sans elle. » Ils trébuchèrent sur une souche

en soulevant le cercueil et la secousse fit sortir de la bouche de Blanche-Neige le morceau de pomme empoisonnée.
La jeune fille se réveilla. Fou de joie, le prince la demanda en mariage et l'emmena dans son château où ils vécurent heureux jusqu'à la fin de leurs jours.

La belle
au bois dormant

Il était une fois une reine très malheureuse :
elle était belle et puissante, mais n'avait pas d'enfant.

Vint enfin
un beau jour
où elle mit
au monde
une magnifique
enfant qui avait
des cheveux
couleur d'or.
Le roi et la reine,
fous de joie,
décidèrent
d'organiser
une fête et
un somptueux
banquet.

Toutes les princesses et les princes du royaume
avaient été conviés ainsi que toutes les fées.

Le château
se remplit
d'invités
qui avaient
tous apporté
de fabuleux
cadeaux.

Naturellement, les fées furent elles aussi très généreuses. L'une après l'autre, elles touchèrent

la petite princesse de leur baguette magique en disant :
« Tu seras très belle… Tu seras très riche…
Tu seras très généreuse…
Tu seras très séduisante… »

Soudain une méchante fée qui n'avait pas été invitée s'approcha en s'écriant : « Puisque personne ne m'a invitée, je vais me venger ! » Elle toucha la princesse de sa baguette et s'exclama : « Lorsque tu auras quinze ans, tu te piqueras à un fuseau et tu mourras. »

À ces mots toute l'assistance fut glacée d'effroi. Heureusement, il restait une fée qui n'avait pas encore formulé son vœu. Elle s'approcha de l'enfant et dit : « Tu ne mourras pas, mais tu t'endormiras pour cent ans. » Tout le monde soupira de soulagement et le roi ordonna : « Je ne veux plus voir aucun fuseau dans mon royaume ! » Et l'on brûla tous les fuseaux. Cependant dans le grenier du château, il y avait une vieille femme qui vivait seule : tout le monde l'avait oubliée et personne n'alla lui rapporter les ordres du roi. Ainsi son fuseau ne fut jamais détruit. Plusieurs années passèrent et la princesse était devenue grande. En se promenant dans le château, elle parvint dans une très grande pièce qu'elle ne connaissait pas, entra et se trouva devant un étroit escalier. « Où peut-il bien mener ? » se demanda-t-elle. Intriguée, elle monta.

Les rats s'écartèrent
sur son passage
et les chauves-souris
s'envolèrent. La princesse
finit par atteindre le grenier.
Une vieille femme se trouvait
là et filait la laine.
« Entre, belle enfant, lui dit
gentiment la vieille dame.
— Que faites-vous ? lui
demanda la princesse intriguée.
— Je file. Veux-tu essayer ?
— Volontiers, répondit
la princesse. Je n'ai jamais
vu un tel objet. »

La vieille femme donna
le fuseau à la jeune fille qui,
à peine l'eut-elle touché,
se piqua le doigt. « Aïe ! »
s'écria la princesse.
Une goutte de sang apparut
au bout de son doigt et
elle tomba dans un profond
sommeil. Au même moment,
la vieille dame disparut,
remplacée par la bonne fée
qui avait prononcé le dernier
vœu.

La fée allongea la jeune fille endormie sur un lit et
la couvrit délicatement avec une couverture de satin,

puis leva
sa baguette
et dit :
« Endormez-
vous tous ! »
Et le palais
tout entier
s'endormit :
le roi et la reine
assis sur
leur trône,
les chiens,
les gardes,
les courtisans et
les cuisiniers…

Toute la vie s'arrêta, sauf la végétation qui continua de pousser autour du château. Les fleurs devinrent démesurément hautes, fermant toutes les routes qui menaient au château.

Cent années s'écoulèrent ainsi sans que personne
ne réussisse à entrer dans le magnifique château
ensorcelé.

Un jour,
un prince
qui passait
à cheval aperçut
de lointaines
tours à travers
la végétation
très épaisse.
Il interrogea
les habitants
du pays voisin,
mais personne
ne sut lui répondre
avec précision.

Après de longues recherches, il finit par trouver
un vieil homme qui lui dit : « Lorsque j'étais enfant,
mon père m'a
raconté qu'au
milieu de la
forêt se trouvait
un château
ensorcelé
dont personne
ne peut
s'approcher.
— J'essaierai
quand même ! »
dit le prince.

Il pénétra dans la forêt, descendit de son cheval
et tenta, à l'aide de son épée, de se frayer un chemin
au milieu des broussailles. Un miracle se produisit
alors : au fur et à mesure que le prince avançait,
les plantes s'écartaient sur son passage.
Soudain, le château apparut dans toute sa splendeur.
Lorsque le prince arriva devant les portes, les gardes
ne bougèrent pas. Intrigué, il entra, traversa les salles
et monta jusqu'au grenier. « Suis-je dans un rêve
ou suis-je éveillé ? » se demanda-t-il stupéfait
lorsqu'il se trouva devant la belle princesse endormie.
Il se pencha vers elle, l'embrassa et elle ouvrit
les yeux. Au même instant tout le château se réveilla :
le roi, la reine, les courtisans et les gardes reprirent
leurs activités.

On célébra les noces du prince et de la princesse qui vécurent heureux tout au long de leur vie.

Le chat botté

Un vieux meunier mourut en laissant en héritage au premier de ses fils son moulin, au deuxième

son âne et
au dernier,
un jeune homme
maigre et timide,
son chat.
Les deux aînés
décidèrent
de s'associer,
l'un moulant
le grain, l'autre
portant la farine
au marché à dos
d'âne.

En revanche, le benjamin
n'ayant rien reçu d'utile,
il ne pouvait prétendre
à travailler avec ses deux
frères. Il quitta la maison
paternelle triste et
mélancolique, emportant
le chat avec lui. Tandis qu'il
se lamentait à voix haute,
ne sachant que faire
de cet animal, le chat,
à sa grande stupeur, lui dit :

« Si tu m'achètes des bottes et un chapeau avec
une plume, tu verras que je te rendrais très riche ! »
Abasourdi, le pauvre garçon confia au chat
les dernières pièces qui lui restaient et l'animal
s'enfuit rapidement. « Que j'ai été stupide !
se répétait le jeune homme. Ce maudit chat m'a volé
l'argent et ne reviendra plus ! » Il vit alors revenir
le chat chaussé d'une magnifique paire de bottes,
coiffé d'un chapeau orné d'une longue plume,
et portant au bras une gibecière. Il semblait très
satisfait de lui, admirant les boucles de ses bottes.
Il saisit la gibecière, la remplit d'herbe fraîche et
la déposa bien en vue sous un arbre, prenant le soin
de la laisser grand ouverte. Puis il se cacha dans
les buissons.

Il attendit tranquillement en silence qu'un gros lièvre s'approche de la gibecière. En un clin d'œil, il lui sauta dessus et lui tordit le cou. Son maître qui observait la scène songeait à l'excellent repas qu'il allait faire. Mais le chat n'était pas de cet avis et lui dit : « Je vais maintenant le porter au roi qui en sera ravi. »

Et il se mit en route pour le palais du roi où les gardes, stupéfaits de voir un chat parler, le laissèrent entrer. Arrivé devant le roi, le chat lui dit : « Mon maître, le marquis de Carabas, vous fait porter ce lièvre. » Touché par cette attention, le roi remercia le chat.

Quelque temps plus tard, le chat ordonna à son maître de se déshabiller et d'aller se baigner dans un ruisseau.

Puis il lui prit ses vêtements et les jeta dans l'eau. Non loin de là, le roi passait dans son carrosse. Le chat se mit alors à crier de toutes ses forces : « Au secours, le marquis de Carabas se noie !

Des voleurs ont pris ses vêtements ! » Le roi,
très curieux de connaître le marquis, ordonna
qu'on le tire
de l'eau et
qu'on lui apporte
des vêtements.
Élégamment
vêtu, le jeune
homme, qui
était très beau
et bien fait
de sa personne,
se présenta à
la princesse qui
fut séduite par
tant de grâce.

Le chat laissa son maître en compagnie du roi
et de la princesse et partit loin devant eux,
sur la route que devait emprunter le carrosse.
En chemin, il rencontra deux paysans avec un âne
et leur demanda : « À qui appartiennent ces terres ?
— À l'ogre ! répondirent-ils, effrayés de voir un
chat parler. — Non, leur répondit le chat. À partir
d'aujourd'hui, ces terres appartiennent au marquis
de Carabas. Vous le direz au roi lorsqu'il passera ici.
Faites ce que je vous dis, sinon je vous mangerai
les oreilles et le nez ! » Terrifiés à cette idée,
les paysans obéirent et dès que le carrosse du roi
arriva, ils dirent en chœur : « Notre maître, le marquis
de Carabas, vous souhaite la bienvenue. » Surpris,
le roi dit au jeune homme qu'il ne savait pas qu'il
avait un voisin si puissant et le félicita.

Entre-temps, le chat courait vers le château
de l'ogre. Sitôt arrivé, il dit à l'ogre : « Monseigneur,

on prétend que
vous avez toutes
sortes de pouvoirs,
dont celui
de prendre
des formes
très différentes.
Est-ce vrai ?
Je vous avoue
que je n'en crois
pas un mot. »

L'ogre, qui était très orgueilleux, se transforma
en lion. Mais le chat lui dit que n'importe quel ogre
était capable de se transformer en un animal très
gros. Par contre, il aimerait savoir si par exemple,

l'ogre pouvait
devenir une
minuscule souris.
L'ogre stupide
s'exécuta et le chat,
qui n'attendait rien
d'autre, lui sauta
dessus et
le mangea.

Arrivé au château de l'ogre, le roi ne tarissait pas
d'éloges sur ce marquis qui possédait ces terres
fertiles et bien cultivées et ce si grand château.
Entre-temps, le chat avait ordonné aux serviteurs
de l'ogre de préparer un luxueux banquet avec
des plats exquis. Le repas fit forte impression
au roi : il commençait à penser qu'il verrait bien
sa fille épouser le marquis. Ce dernier, qui était
immédiatement tombé amoureux de la princesse,
ne cessait de la regarder. Il se décida finalement
à demander sa main au roi. Le roi consentit bien
volontiers et le chat, devenu un membre de la famille
à part entière, organisa lui-même les noces qui
furent aussi gaies que somptueuses.

Ce chat très rusé resta toujours auprès de son maître et de la princesse. Pour l'avoir rendu riche et puissant, son maître lui offrit une magnifique paire de bottes avec des boucles en or.

Pinocchio

Il était une fois un morceau de bois… « Je vais fabriquer un pied de table », décida Maître Cerise, et il se mit au travail. « Aïe ! Tu m'as fait mal ! » s'écria une petite voix : c'était le bois qui parlait. Maître Cerise s'effondra, foudroyé de peur. Quand il se releva, il décida d'offrir ce morceau de bois à Maître Geppetto qui, tout content, se mit à fabriquer un beau pantin qu'il appela Pinocchio.

Il lui fit une tête, mais à peine lui eut-il sculpté
le nez que celui-ci se mit à grandir démesurément.
Dès qu'il eut des pieds et put se promener, Pinocchio
s'enfuit de chez Geppetto. En passant devant
un théâtre de marionnettes, il s'arrêta pour regarder
le spectacle. En le voyant, les pantins s'arrêtèrent
de jouer pour embrasser leur ami. C'est ainsi que
Pinocchio rencontra le marionnettiste Mange-feu qui,

ému par la pauvreté de Maître Geppetto, offrit
au pantin cinq pièces d'or. Tout content, Pinocchio
s'en retourna chez lui.

Mais en chemin, il rencontra un renard boiteux et un chat aveugle. Ces deux animaux très rusés conseillèrent à Pinocchio d'enterrer les cinq pièces d'or dans le Champ des Miracles, lui assurant qu'il pouss.erai d'autres pièces. Pinocchio arriva au lieu dit en pleine nuit mais deux voleurs, qu n'étaient autres que le cha et le renard, l'attaquèrent pour le dévaliser. Ils le pendirent ensuite à une branche du Grand Chêne.

Heureusement près de là vivait la Fée bleue
qui, apitoyée en voyant le malheureux, envoya
ses serviteurs le chercher. Elle le coucha et fit appeler
les trois médecins les plus célèbres du voisinage :
le corbeau, le grillon-qui-parle et la chouette.
Ils lui prescrirent un médicament.

Pinocchio se mit à crier et à pleurer car il ne voulait
pas le boire. La fée envoya chercher quatre lapins
noirs qui transportaient un petit cercueil.
À cette vue, Pinocchio prit peur et avala
le médicament. En un instant, il était guéri.

Mais il raconta tant de mensonges à la fée que son nez se mit à grandir, grandir. Après de multiples aventures, Pinocchio apprit un jour que Geppetto était parti sur un bateau pour aller le chercher. Pour le rejoindre, Pinocchio se jeta à la mer, mais une affreuse tempête le força à faire halte à l'île des Abeilles Industrieuses où il se mit au service d'une vieille femme. Comme il s'était bien comporté, son nez rapetissa. À ce moment même, Pinocchio décida de devenir un gentil petit garçon.

Mais une fois de plus, il se laissa tenter par son ami
Mèche qui le persuada de partir avec lui pour le Pays
des Jouets, un endroit où les garçons s'amusent toute

la journée. Pinocchio monta sur l'un des ânes
du chariot qui conduisait à ce merveilleux pays.
L'âne, qui savait parler, le réprimanda.

Le Pays des Jouets ne ressemblait à aucun autre pays
au monde : ses habitants étaient tous des garçons.
Pinocchio, son ami Mèche et tous les autres, à peine
arrivés en ville, furent noyés dans la foule.
Entre les promenades et les divertissements,
les heures, les jours, les semaines passaient sans
qu'ils s'en aperçoivent. Au bout de cinq mois de jeux,
une paire d'oreilles d'âne poussèrent sur la tête
de Pinocchio et quelque temps plus tard, il était
devenu un vrai petit âne. L'âne Pinocchio fut acheté
par le directeur d'un cirque pour qu'il danse
en public. Mais Pinocchio s'enfuit en plongeant
dans la mer. Il redevint un pantin mais un énorme
requin, véritable terreur des mers, l'avala.

À sa grande surprise et pour son plus grand bonheur,
Pinocchio retrouva dans l'estomac du gros poisson
son maître Geppetto. Heureux d'être réunis,
ils décidèrent de s'enfuir une nuit, pendant que
le requin dormait. Ne sachant pas nager, Geppetto
s'accrocha à Pinocchio qui nagea longtemps, traînant

son vieux père. Ayant atteint le rivage, ils n'avaient pas fait cent pas qu'ils rencontrèrent le chat et le renard qui avaient été punis par le sort. Père et fils trouvèrent refuge dans une cabane abandonnée. À partir de ce jour, Pinocchio travailla durement et étudia avec ferveur, tant et si bien qu'un matin

en se réveillant, il s'aperçut qu'il n'était plus
un pantin, mais un petit garçon en chair et en os.
L'ancien Pinocchio, la marionnette en bois, gisait
mélancoliquement assis sur une chaise.

Le petit chaperon rouge

Il était une fois une jolie petite fille qui avait les yeux bleus et les cheveux noirs et qui portait toujours une adorable petite cape rouge. C'est pourquoi on l'appelait le petit chaperon rouge. Un jour, la grand-mère du petit chaperon rouge tomba malade. Sa maman dit alors à la fillette :

88

« Va rendre visite à
ta grand-mère et porte-lui
une galette et un petit pot
de beurre. » Le petit chaperon
rouge était très heureux et prit
le panier de provisions.
« Sois prudente, lui dit
sa maman. Suis le sentier
sans jamais t'arrêter et
n'écoute personne ; tu pourrais
rencontrer le méchant loup.
— Sois tranquille maman »,
répondit l'enfant. Et elle partit
gaiement, son panier sous
le bras.

C'était une belle
journée et
les rayons
du soleil
éclairaient
la forêt même
sous les buissons
les plus épais.
Le sentier
qui menait à
la maison de
sa grand-mère

était l'un des plus beaux et le chaperon rouge avait
très envie de se mettre à courir. C'est ce qu'elle fit
en effet… et elle pénétra dans le bois. « Je cueillerai
des fleurs », pensa-t-elle.

Elle ne l'avait jamais fait ! Quelques instants plus tard, le loup arriva.

« Où vas-tu belle enfant ? lui demanda-t-il.

— Je vais voir ma grand-mère.

— Comme tu es gentille », ajouta le loup.

Il lui était venu une étrange idée.

Il disparut entre les arbres en courant sans arrêt,
jusqu'à ce qu'il arrive à la maison de la grand-mère.
Il frappa alors à la porte. « Qui est là ? » demanda
la grand-mère. Imitant la voix d'un enfant, le loup
répondit : « C'est le petit chaperon rouge. Je suis
venue t'apporter un panier rempli de bonnes choses.
— Entre, mon enfant ! » ajouta la grand-mère.
Le loup entra, bondit sur le lit, se jeta sur
la grand-mère et l'avala d'une seule bouchée.
Il se mit ensuite le bonnet sur la tête, se glissa
sous les couvertures et se couvrit jusqu'aux yeux.
Entre-temps le petit chaperon rouge, ravi de son
beau bouquet de fleurs, se dirigeait en chantant
vers la maison de sa grand-mère. Une fois arrivée,
elle frappa.

« Qui est là ? »
demanda le loup
en imitant
la voix de
la grand-mère.
« C'est le petit
chaperon rouge.
— Entre,
mon enfant ! »
dit le loup.
Le petit
chaperon rouge
entra, prit
une chaise et
s'assit près de
la grand-mère.

« Comme ma grand-mère est étrange aujourd'hui » songeait-elle. Puis elle dit : « Comme tu as de grands yeux ! — C'est pour mieux te voir, répondit le loup.
— Comme tu as de grandes oreilles !

— C'est pour mieux t'écouter, répondit le loup.

— Comme tu as une grande bouche !

— C'est pour mieux te manger ! » s'écria le loup qui, d'un bond, sauta du lit et dévora la pauvre petite d'une seule bouchée, sans que celle-ci ait eu le temps de s'en rendre compte. Après ce bon repas, le loup se sentit pleinement satisfait. Il retourna se coucher et s'endormit lourdement, ronflant si fort que le lit et la lampe en tremblaient. Un chasseur qui connaissait très bien la grand-mère passait par hasard. Voulant lui dire bonjour, il frappa à la porte, remarqua qu'elle était entrouverte et entra. Il vit tout de suite qu'il régnait un très grand désordre et s'en étonna : « C'est étrange, pensa-t-il, tout est toujours en ordre d'habitude ! »

Il comprit très vite : sur le lit de la grand-mère, le loup dormait à poings fermés. Sans se douter ce qu'avait fait le loup, le chasseur se dit que l'occasion était trop belle pour mettre ce brigand hors d'état de nuire.

Il prit son couteau de chasse et ouvrit le ventre
du loup. Quelle ne fut pas sa surprise lorsqu'il vit
sortir la grand-
mère et le petit
chaperon rouge !
Elles étaient
si heureuses
qu'elles ne
savaient pas
comment
remercier
leur sauveur.

Mais comment se débarrasser de cette vilaine bête ?
Le chasseur sortit ramasser trois grosses pierres,

les mit dans le ventre vide du loup et recousut le tout. Puis avec l'aide de la grand-mère et du petit chaperon rouge, il tira le loup avec une corde jusqu'au fleuve et, pataplouf ! le poussa dans l'eau.

Le courant entraîna le méchant loup et les trois amis
se mirent à danser de joie. La grand-mère heureuse
s'exclama :
« Bon débarras !
Il ne fera plus
de mal
à personne. »

De retour chez la grand-mère, ils firent tous les trois
un magnifique goûter et s'amusèrent beaucoup.
Puis le petit chaperon rouge s'en retourna chez
sa maman sans jamais plus s'éloigner du sentier.
Cette fois, elle avait compris la leçon.

Hansel et Gretel

Il était une fois un bûcheron très pauvre qui avait eu un garçon et une fille d'un premier mariage : Hansel et Gretel. Il avait ensuite épousé une femme très méchante qui haïssait les deux enfants. Il advint une terrible famine et le père ne réussissait pas à nourrir sa famille. Une nuit que le pauvre homme ne parvenait pas à dormir, tiraillé par la faim, sa femme lui dit : « Demain, nous conduirons les enfants dans la forêt et nous les abandonnerons. » Le père ne pouvait s'y résoudre, mais il finit par accepter. Or les enfants étaient réveillés et avaient tout entendu

Tandis que Gretel pleurait dans son lit, Hansel se leva, sortit et se remplit les poches de petits cailloux blancs. Puis il retourna vers sa sœur et lui dit : « Ne crains rien Gretel, tu verras que demain, nous retrouverons le chemin de la maison. » Rassurée, la petite fille cessa de pleurer. Le lendemain, les parents réveillèrent les enfants à l'aube et les conduisirent dans la forêt.

Ils marchèrent longtemps,
leur père et leur belle-mère
s'enfonçaient au plus profond
de la forêt : Gretel était à leurs
côtés, mais Hansel restait
un peu en arrière et laissait
tomber les petits cailloux
le long du chemin. Les parents
inventèrent un prétexte
pour s'éloigner
des enfants.
Le soir,
ne voyant
pas revenir
leurs parents,
les enfants
commencèrent

à s'inquiéter. Gretel
se mit à pleurer, mais
Hansel la réconforta :
« Ne pleure pas Gretel,
tu verras que les cailloux
nous aideront à
retrouver le chemin
de la maison. »
En effet, dès que
la lune apparut,
les cailloux
commencèrent
à briller, indiquant
le chemin aux deux

enfants qui finirent par arriver à la maison. Leur
papa fut heureux de les voir, mais sa femme pensait
déjà à les abandonner de nouveau le lendemain.

107

Ce soir-là, Hansel entendit encore le discours de ses parents, mais lorsqu'il voulut sortir pour ramasser des petits cailloux, il trouva la porte fermée. Il ne ferma pas l'œil de la nuit, réfléchissant à ce qu'il pouvait faire. Il fut réveillé à l'aube et partit avec

Gretel et ses parents dans la forêt. Comme la veille, il resta en arrière sur le chemin et cette fois, il sema par terre les miettes de pain de son petit-déjeuner. Mais il ne s'aperçut pas qu'au fur et à mesure que les miettes tombaient par terre, les oiseaux

venaient les picorer. Et comme
la veille, les parents abandonnèrent
leurs enfants dans la forêt. Cependant
les petits ne s'inquiétaient pas car
ils étaient sûrs de retrouver
le chemin du retour.
Or ils s'aperçurent très vite que
les oiseaux avaient mangé tout le pain
et qu'il était désormais impossible
de rentrer. Ils commencèrent à errer
dans les bois, de plus en plus effrayés,
tremblant et pleurant. Les ombres
des arbres leur faisaient peur et
le froid était mordant. Hansel et
Gretel marchèrent ainsi toute nuit en
se tenant la main et en cherchant
le chemin de leur maison.

À l'aube,
ils arrivèrent en vue
d'une ravissante
maisonnette.
Ils pensèrent aller
demander de l'aide
mais ils s'aperçurent
que la maisonnette
avait un toit en nougat,
un escalier et des
balcons en chocolat,
des marches
couvertes de crème
fouettée et des
fenêtres en pâte
d'amande décorée
de bonbons.

Hansel et Gretel, affamés, se mirent à grignoter, une cerise par-ci, un bonbon par-là. Ils mangeaient

lorsqu'une vieille dame très laide sortit de la maisonnette et leur dit : « Entrez mes petits, vous avez l'air si fatigués... Venez vous reposer. » Elle offrit aux enfants deux lits confortables et

Hansel et Gretel lui racontèrent leur histoire. Mais la vieille femme était en fait une méchante sorcière. Elle attrapa Hansel et l'enferma dans une cage. Elle avait l'intention de le manger dès qu'il serait devenu assez gras.

Chaque jour la vieille allait vérifier si Hansel avait grossi. Comme elle ne voyait guère, elle demandait à l'enfant de lui tendre un doigt.

À la place, Hansel lui tendait un petit os et la sorcière le trouvait toujours trop maigre pour le manger. Pendant ce temps, Gretel qui était obligée de travailler pour la vieille, se désespérait pour Hansel.

Un jour, la sorcière dit : « Aujourd'hui, que Hansel soit gras ou maigre, je le mangerai. Gretel, allume le four ! » C'est alors que Gretel eut une idée : elle répondit qu'elle ne savait pas faire. La sorcière ouvrit le four en grommelant, s'approcha et Gretel la poussa à l'intérieur avant de refermer rapidement la porte. Puis elle alla libérer son frère.

Avant de s'échapper, les deux enfants cherchèrent le trésor de la sorcière et le trouvèrent. Ils prirent les pierres précieuses et, finalement libres, ils s'enfoncèrent dans la forêt. Après avoir longtemps erré, ils retrouvèrent la maison de leur père qui, heureux de les revoir, les serra contre lui, tout ému.

Entre-temps sa méchante femme était morte et Hansel et Gretel vécurent désormais riches et heureux avec leur père !

Les aventures de Tang

Tang est un petit garçon qui habite une maison en bambou sur les rives du fleuve bleu. La pêche est sa passion et chaque matin, il s'en va pêcher avec son petit bateau. Il rêve d'une nouvelle canne à pêche, mais comme sa famille est très pauvre, il doit donner à sa maman jusqu'à la dernière des pièces qu'il réussit à gagner en vendant ses poissons au marché. Aujourd'hui Tang a une idée : il ira pêcher sur la petite île.

Arrivé sur l'île, Tang jette son hameçon et attend que le poisson morde. Mais il s'assoupit, perd l'équilibre et tombe dans l'eau. Son hameçon et sa ligne lui échappent.

L'enfant est sous l'eau, entouré d'algues
et de poissons qu'il n'a jamais vus auparavant.
Comme le fond du fleuve est intéressant !

Soudain un gros poisson s'approche et lui envoie
au visage mille petites bulles comme pour lui dire :
« Suis-moi, mon ami ! »

Intrigué, Tang nage dans le sillage du poisson
et arrive dans le creux d'un rocher qui,
à sa grande stupeur, débouche dans la mer.

Tout est immense et il y a du sable partout. Les yeux
de Tang commencent à piquer et il ne s'aperçoit pas
qu'un terrible poulpe est en train de l'attraper.

Tandis que Tang essaie de lui échapper, le poulpe s'enfuit devant un animal épouvantable et féroce,

qui terrorise les mers : un requin. Tang parvient heureusement à se cacher derrière des algues où il reste longtemps immobile.

Une fois le requin parti, Tang remarque une huître
énorme, comme il n'en avait jamais vue de semblable.

« Elle est magnifique ! s'exclame-t-il. Je vais la ramener à la maison ». Il se dépêche de rentrer à la nage à son point de départ. Il retrouve son petit bateau qui semble l'attendre.

Il montre l'huître à sa sœur Li et ils l'ouvrent ensemble.
Quel n'est pas leur étonnement en découvrant
à l'intérieur une superbe perle. Quel cadeau
magnifique pour leur maman !

Leur mère, émue et heureuse, remercie ses enfants et leur promet à chacun un beau cadeau : Li aura la poupée qu'elle désire depuis si longtemps et Tang une canne à pêche toute neuve.

Lisette

Lisette était une petite fille tête en l'air qui passait son temps à tout oublier. Un jour sa maman l'envoya acheter de l'huile pour frire les poissons.

À peine sortie, Lisette rencontra des musiciens qui jouaient. Elle s'arrêta pour les écouter et oublia sa commission. Une heure plus tard, elle se demanda : « Que devais-je acheter pour maman ? Peut-être bien du pétrole... Oui, c'est ça, du pétrole ! » Elle acheta du pétrole pour la lampe à brûler et rentra à la maison.

La mère de Lisette fit frire le poisson, mais hélas le pétrole s'enflamma et une odeur terrible envahit la maison.

« Petite sotte, quand feras-tu quelque chose en réfléchissant ? », se désespérait sa mère.

Le lendemain, la maman de Lisette, qui devait sortir, lui demanda de surveiller le pain dans le four en lui recommandant de ne pas le faire brûler.

« Un... deux... trois... quatre… » chantonnait Lisette toute heureuse. Elle oublia ce qu'elle devait faire et sortit jouer dans la cour.

Pendant ce temps,
le pain brûla dans le four.
En voyant sa maison
remplie de fumée, la mère
de Lisette se fâcha :
« Je suis vraiment fatiguée
de tes étourderies !
Puisque c'est ainsi,
tu iras travailler ! »

Lisette fut envoyée chez une dame qui était la mère
de deux brigands (mais personne ne le savait).
Cette femme habitait dans une maison isolée,
gardée par deux chiens féroces.

Tout d'abord, la femme lui ordonna : « Mes enfants partent au travail à deux heures, vérifie que l'horloge fonctionne. Et surtout n'oublie pas ! » Elle voulait dire de faire sonner l'horloge à deux heures du matin pour réveiller ses brigands de fils.

Lisette se rappela seulement de vérifier l'horloge pour deux heures. À deux heures de l'après-midi, elle vit passer deux filles et pensa : « Ce sont sans doute ces enfants-là. » Elle les appela et leur dit qu'elles pouvaient emporter l'horloge.

Lorsque la mère des brigands revint, Lisette alla
à sa rencontre en disant : « J'ai fait ce que vous
m'avez demandé, madame : vos enfants ont
l'horloge. » Sa patronne se mit en colère.

Le lendemain, les brigands et leur mère décidèrent
de faire participer Lisette à leurs méfaits.
Ils s'installèrent au bord d'une route. « Toi, reste ici »
lui dirent-ils en lui donnant une corne de chasse.

« Nous attendrons dans le bois là-bas.
Lorsque la diligence de la banque passera
près d'ici, sonne la corne. »

Lisette s'assit dans l'herbe et commença à jouer avec les fourmis... La diligence pleine d'argent passa et elle ne donna pas le signal. Cette fois, les brigands se fâchèrent vraiment : « Malheureuse ! s'écrièrent-ils. Maintenant nous devons la poursuivre par ta faute !

Cours vite à la maison et allume la lanterne.
Lorsque nous rentrerons à la maison avec le butin,
nous trouverons notre chemin ! »

Lisette arriva à la maison épuisée.
En route, elle avait oublié ce qu'elle devait faire.

Ainsi lorsque les brigands revinrent
avec l'argent, il faisait nuit noire
et ils tombèrent dans un fossé
rempli d'eau.

153

Ils arrivèrent à la maison trempés, tout essoufflés
et en rage : « Pauvre idiote, dirent-ils à Lisette.
Pourquoi n'as-tu pas fait ce que nous t'avions
ordonné ? Dépêche-toi de détacher les chiens
et de cacher les sacs dans les malles, les gendarmes
arrivent. »

Mais Lisette avait
compris le contraire.
Elle avait donc caché
les chiens dans les malles
et détaché les sacs d'or
qui avaient été volés.

Lorsque les gendarmes arrivèrent, la fillette courut à leur rencontre en disant : « Messieurs les gendarmes, j'ai fait ce que m'ont ordonné mes maîtres cachés dans la meule de paille : les chiens sont dans les malles et les sacs sont défaits. »

Les brigands et leur mère furent
arrêtés et Lisette obtint un sac de
pièces d'or en récompense
de son aide.

Elle rentra chez elle en courant et dit : « Maman, regarde tout l'argent qu'on m'a donné ! » La mère s'en réjouit : « C'est bien ma fille, mais qui te l'a donné ? — Le chef des gendarmes, maman. — Et pour quelle raison ? » Mais Lisette avait déjà oublié…

Le petit
chevalier

Voici Gaston Cœur de Lion et son cheval blanc Napoléon. Gaston en a assez de rester enfermé chez lui à contempler le blason de sa famille et décide de partir pour le vaste monde.

En arrivant au pays Déléjande, un pauvre paysan
raconte à Gaston qu'un terrible dragon dévore
toutes les provisions et sème la terreur.

Gaston s'enfonce dans la forêt obscure, armé
d'une très longue lance. Il est bien décidé
à combattre le dragon. Réussira-il dans
son entreprise ? C'est ce que nous allons voir…

Lorsqu'il arrive près de l'antre du dragon et qu'il voit la bête féroce, il est pris de tremblements. « Que veux-tu, espèce de moucheron ? lui demande le dragon d'une voix nasillarde.

— Je veux te tuer, méchant dragon ! » s'exclame Gaston. Puis il se lance à l'assaut.

Mais... hélas, la lance se plante dans un arbre
et Gaston se débat dans le vide.

À la vue de ce spectacle, le dragon
se met à rire de plus en plus bruyamment,
tant et si bien que BOUM ! il éclate.
Tous les habitants du pays accourent pour
célébrer Gaston, leur sauveur, chacun lui
apportant un présent.

Le lendemain, chargé de provisions et de cadeaux, le noble chevalier quitte le pays à la recherche d'une nouvelle et glorieuse entreprise. Il galope, galope et galope... lorsqu'aux abords de la tour

d'un château, il entend des cris désespérés. « C'est sûrement une jeune fille en danger qui a besoin de moi », pense Gaston.

En effet. Comment notre héros parviendra-t-il à se hisser jusqu'à à cette haute fenêtre ? Gaston réfléchit et finit par résoudre le problème : il tire des flèches sur le mur pour former un escalier...

À peine Gaston a-t-il libéré la princesse Mathilde que l'Ogre Olive sort de la tour, vert de rage. « Rends-moi la prisonnière ou je ne ferai qu'une bouchée de toi. »

Mais Gaston reste
imperturbable : il fait monter
la jeune fille sur le dos de
Napoléon puis ils partent à
toute vitesse, poursuivis
par l'Ogre Olive.
Au secours !
Au secours !
Olive est en train
de les rattraper !

C'est alors qu'il vient à notre preux chevalier
une autre idée : il lance à l'ogre une tranche
de salami, puis une saucisse puis encore
un fromage… L'ogre s'arrête pour les ramasser
et les manger.

Ainsi débarrassé de l'ogre, Gaston décide d'épouser
la princesse Mathilde qui le considère comme
un immense héros. Et c'est ainsi que le blason de
la famille porte désormais un nouveau personnage.

Blanche-Rose
et Rose-Rouge

Il était une fois une femme qui avait deux filles : Blanche-Rose et Rose-Rouge. La mère les avait

appelées ainsi parce qu'elles ressemblaient aux fleurs des deux rosiers, l'un blanc, l'autre rouge, qui ornaient son jardin. Les deux sœurs s'aimaient beaucoup et adoraient être ensemble.

Elles allaient souvent jouer dans les bois et étaient amies avec tous les animaux. Elles ramassaient de petites herbes et des feuilles pour les lapins et portaient des noisettes aux écureuils. Dès qu'ils les voyaient, les animaux couraient à leur rencontre.

Le soir, les deux sœurs rentraient vite pour aider leur maman. L'hiver, lorsqu'il faisait froid et qu'il neigeait ou que le vent soufflait, leurs amis les animaux entraient dans la maison pour se réchauffer devant la cheminée où leur maman lisait une histoire. Ainsi les jours passaient rapidement, et les deux sœurs grandissaient et devenaient toujours plus gracieuses. Leur mère était très contente d'elles et une grande sérénité régnait dans la maisonnette. Cependant, un soir où le froid était particulièrement vif et qu'il y avait une terrible tempête, on entendit frapper de grands coups à la porte. Tout le monde avait peur.

Qui cela pouvait-il bien être à cette heure tardive ?

Rose-Rouge tremblait, mais elle reprit son courage et alla ouvrir. Elle resta bouche bée.

En effet, un gros ours brun se trouvait en face d'elle. Très vite, il lui dit : « Ne craignez rien, je ne vous ferai aucun mal, je voudrais seulement rentrer ici pour me mettre au chaud. » Les fillettes, étant donné les bonnes intentions de l'ours, le firent entrer et se mirent à jouer avec lui.

L'ours devint leur meilleur ami et passa tout l'hiver
chez elles. Lorsque le printemps revint, l'ours leur
annonça qu'il ne pouvait plus rester avec elles :
il devait surveiller son trésor dans la forêt. Les sœurs
eurent de la peine et cherchèrent à retenir l'ours
qui, en sortant, écorcha sa fourrure. Elles virent
briller à cet endroit un éclat d'or. Blanche-Rose et
Rose-Rouge recommencèrent à aller dans la forêt
ramasser du bois et cueillir des fleurs. Un jour, elles
rencontrèrent un nain vêtu de rouge dont
la barbe était coincée dans la fente d'un tronc et
qui se débattait furieusement. Les sœurs voulurent
l'aider et, pour le libérer, l'une d'elles sortit
des ciseaux de couture de sa poche et lui coupa
le morceau de barbe coincé. Non seulement le nain
ne les remercia pas, mais il s'éloigna en les insultant.

Le lendemain, les deux sœurs le rencontrèrent
de nouveau. Cette fois, le fil de sa canne à pêche

s'était emmêlé
dans sa barbe.
Un gros poisson
avait mordu à
l'hameçon et
le nain risquait
de tomber
dans l'eau.
Voyant qu'il
était en danger,
les fillettes
coupèrent le fil
et la barbe.
Le nain s'en alla
en proférant

des injures.
Le troisième
jour, elles
le virent
prisonnier
des serres
d'un aigle
qui voulait
l'emporter.
Les fillettes
réussirent à
attraper le nain
par la barbe
et à l'arracher
à l'aigle.

Mais le nain se montra encore une fois
très désagréable.

Au début de l'été, elles le virent un jour assis sur un rocher occupé à compter de magnifiques pierres précieuses.

Les deux fillettes étaient restées silencieuses à le regarder lorsque soudain, elles virent sortir du bois un gros ours brun qui se jeta sur lui. Le nain s'enfuit rapidement tout en criant : « Ne vois-tu pas, l'ours, comme

je suis petit ?
Pourquoi ne
manges-tu
pas ces deux
gamines qui
sont encore
plus tendres
que moi ? »
Mais l'ours ne
l'écoutait pas.
Il attrapa
le nain
et le tua.

Blanche-Rose et Rose-Rouge étaient en train de fuir
lorsque l'ours s'écria : « Blanche-Rose, Rose-Rouge,
ne me reconnaissez-vous pas ? Je suis votre ami
l'ours et si Dieu le veut, je vais désormais être libre.
Maintenant que le nain est mort, le terrible sort
qu'il m'a jeté prend fin. Je vais redevenir un homme
et je vais pouvoir récupérer le trésor que ce méchant
lutin m'avait volé. Pour que je ne puisse pas l'attraper,
il m'avait transformé en ours ! » Sous les yeux ébahis
des fillettes, un magnifique prince apparut, tandis que
la peau de l'ours tombait lentement à terre.
Blanche-Rose et Rose-Rouge demeurèrent interdites
un instant avant de courir embrasser leur cher ami.
Le prince accompagna alors les deux fillettes jusqu'à
leur maisonnette et demanda à leur mère la main
de Rose-Rouge. Le lendemain, le prince se rendit
à son château et revint avec son frère.

189

Ce dernier épousa Blanche-Rose. La mère
des deux jeunes femmes vint habiter au château et
l'on transplanta ses deux rosiers dans le jardin royal.

La maisonnette de Martin

Martin voulait se marier, mais il était très pauvre et n'avait même pas de maison. Il décida donc de s'en construire une en paille et tressa patiemment les brins entre eux. En quelques jours, Martin s'était construit une belle et confortable maisonnette.

Fier de son travail, Martin regardait son ouvrage avec satisfaction. Mais pendant la nuit, Cornélius, son ennemi implacable qui voulait se venger de lui, détruisit sa maison.

Le lendemain, en voyant sa maisonnette, le pauvre
Martin resta sans voix. Désespéré, il s'assit sur un tronc
et resta longtemps ainsi, essayant de trouver qui était
cet ennemi inconnu qui, sans raison apparente, lui
avait détruit sa maison. À cet instant, Pierre passa par
là. C'était le propriétaire de la carrière de pierres et,
intrigué, il lui demanda la raison de sa tristesse.

Pierre fut bouleversé par le récit du pauvre garçon.
Comme il avait un cœur gros comme une maison,
il lui promit de lui envoyer un chargement de pierres
pour qu'il puisse se construire une maison plus solide
que le château d'un roi.

Pierre tint sa promesse : le lendemain, un gros camion chargé de cailloux arriva. Martin se mit immédiatement à l'œuvre : pierre après pierre, il construisit un véritable château avec une tour et une solide porte. Le jeune homme était satisfait de son travail et regardait, heureux, le bel édifice dans lequel il recevrait son épouse.

Il partit donc chercher sa fiancée. Mais Cornélius n'abandonnait pas et à peine Martin eut-il le dos tourné qu'il déposa une puissante bombe sous les fondations de la maison. Elle explosa dans un grand fracas et disparut dans un nuage de poussière.

Lorsque Martin revint avec sa fiancée, il ne restait
de son beau château qu'un tas de décombres fumants.
Les deux jeunes gens restèrent ébahis de surprise,
tandis que le cruel Cornélius riait, amusé de
leur désespoir.

L'histoire des deux fiancés arriva aux oreilles
des architectes castors qui se réunirent en conseil :
« Nous ferons aux époux une nouvelle maison,
dit l'architecte en chef. Et elle sera plus belle et
plus solide que les précédentes. Puis nous nous
chargerons de punir leur perfide ennemi ! »

Tous les architectes castors se mirent au travail et,
dirigés par leur architecte en chef, ils devinrent
charpentiers, maîtres maçons et ouvriers.
Ils travaillaient nuit et jour, sciant, rabotant, donnant
des coups de marteau. Les castors construisirent une
très belle maisonnette avec un toit pointu,
une véranda et entourée d'un jardin.

Rempli d'allégresse, Martin entra dans sa nouvelle
maison avec son épouse radieuse, parmi
les applaudissements des gentils castors.

Cornélius reçut ensuite la punition qu'il méritait ! On l'enferma dans une cage solide construite par les castors, où il resta longtemps à réfléchir à ses vilains tours et à sa méchanceté.

Léon le lion

Jean et Léon le lion
sont de grands amis.
Dès qu'ils peuvent, ils jouent
ensemble.

La chaise devient un buisson sous lequel se cache le lion et Jean se transforme en un redoutable chasseur. Les deux amis passent ainsi beaucoup de temps à s'amuser.

Léon finit par pousser un terrible rugissement
et Jean découvre alors où s'est caché le lion et,
courageusement, l'affronte. La chaise tombe à terre
et le lion est capturé.

caisse

ZOO

Chaque jour qui passe renforce bien sûr les liens
d'amitié qui unissent Léon et Jean.
Aujourd'hui ils vont ensemble au zoo. Il est temps

que Léon connaisse d'autres animaux. Jean admire les girafes qui allongent le cou par-dessus la clôture. Elles semblent même s'intéresser à nos amis et font un tas de compliments à Léon.

Jean est étonné que
le petit lion soit aussi bavard.

Même les singes font aux deux amis un tas
de grimaces, mais cette fois Léon se tait parce que
les singes ne lui sont pas sympathiques.

Lorsqu'il arrive devant
la cage aux lions,
notre ami Léon
ne peut pas se retenir
de les saluer avec
effusion. Comme
ces lions sont beaux
et grands ! Comme lui,
ils ont une magnifique
crinière ! Léon aimerait
vraiment rester avec eux
pour leur parler...
Mais que va dire Jean ?

219

L'enfant devine ce que désire
son ami Léon : rester au moins
une nuit dans la cage des lions.
« Mon cher Léon, si tu veux
rester ici quelque temps,
je t'y autorise et je suis même
content, tu sais ? »
Le petit lion remercie Jean.

Jean s'éloigne un peu triste : demain il retournera
au zoo. Mais Léon voudra-t-il retourner à la maison ?

Hansel et Gretel • Les aventures de Tang • Li
maisonnette de Martin • Léon le lion • Cendrill
é • Pinocchio • Le petit chaperon rouge • Har
valier • Blanche-Rose et Rose-Rouge • La mai
ge • La belle au bois dormant • Le chat botté •
s aventures de Tang • Lisette • Le petit chev
tin • Léon le lion • Cendrillon • Blanche-Neig
etit chaperon rouge • Hansel et Gretel • Les
e et Rose-Rouge • La maisonnette de Martin •
dormant • Le chat botté • Pinocchio • Le pe
g • Lisette • Le petit chevalier • Blanche-Ros
endrillon • Blanche-Neige • La belle au bois d
ge • Hansel et Gretel • Les aventures de Tang
ge • La maisonnette de Martin • Léon le lion
chat botté • Pinocchio • Le petit chaperon
petit chevalier • Blanche-Rose et Rose-Rou
che-Neige • La belle au bois dormant • Le
el • Les aventures de Tang • Lisette • Le p